Kehre wieder,
holdes Blüthenalter der Natur!
Friedrich Schiller Die Götter Griechenlands

Inhalt

Der Trail des John Muir

Zum Begriff »Gebirge« schreibt das Deutsche Wörterbuch von Jakob und Wilhelm Grimm (Leipzig 1854-1961):

II. *Gebrauch und bedeutung*

3) gebirge *im geographischen sinne.*

a) *in der landeskunde des lebens, die noch nicht von der landkarte herrührt, heiszt* das gebirge *schlechtweg das gröszte, bedeutendste, das die gedanken am meisten als solches beschäftigt in allerlei beziehung (…)*

Vorgeschichte (Sinne(s)wandel)

Holzfäller erst dann Sägewerksarbeiter
redliche Mahlzeit alles in der Art *er nahm was kam*
Hüter der Schafe endlich – er wurd' zart aus jedem Rahmen:
fällt er der Reiter schreibt er:
vom Boden her
was keine Stimme aber weit und breit einst
schreit er.

Der 1000-Meilen-Fußmarsch 1867

Du hast auf Gottesäckern übernachtet
im Zutrau'n auf den bloßen Erdenball –
den ganzen Mammutweg hast du dabei bereits betrachtet:
keine Erlösung nach dem Sünden-Fall.

Der 1000-Meilen-Fußmarsch 1867 (Notizbuch)

Soll man aus unsren Leichen endlich Dünger machen
dass wir etwas nützen!
schriebst du bitter angetan *Märtyrer Christi*! – neuer Plan
derweil die Mammutbäume fielen steter Regen in die
[Pfützen Stamm um Stamm –
Kapitalisten schriebst du pflegen solche Sachen
zu goutieren Erntesegen selbst aus Entengrützen stürzen
[um zu stützen –
Hauptsache Menschen wachsen Mann um Mann.

Yosemite 1868 (1)

Auf vierundachtzig Metern im Quadrat
zähltest du siebentausendzweihundertundsechzig
[von den sechzehn andren Blumen
– und Millionen Blüten Moos.
Nie wurde ihm fad
dem einen *human*. In jenen kleinen Zonen starb er.
[*Gott ist groß.*

Yosemite 1868 (2)

Mit tausend Gräserrispen sprachst du dein Gebet
und ungezählten Mündeln: ihren Samen.
Das Ohr von Gott hatte auf *Wind* gedreht
und lauschte deinem Staub. Versagte. Amen.

Yosemite 1868 (3)

Auf vierundachtzig Metern im Quadrat
zähltest du tausende von Halmen Gras – und hattest
[dafür nur den einen Namen.
Der hieß *vernarrt*
und *pur*. Doch saß. *Selig die Armen*.

Yosemite 1870 (Brief an Jeanne C. Carr)
und 1872 (Brief an Emily Pelann) (Doppelporträt)

Mir ist so mammutig
schriebst du zu finden hier:
groß braungebrannt und meist ein wenig schüchtern.
Man traf dich
ein Gebirge schier:
berauscht im Sonnenlicht und – seltsam – massiv nüchtern.

Yosemite 1870 (Herbst) (Brief an Jeanne C. Carr)

Eichhörnchenhausen war kein Spiel
deine Gesellschaft mit den Urviehbäumen eine von
[unbegrenzter Haftung
mit deren Dreck am Kiel schriebst du der Freundin viel
vom Schäumen
von deinem Blut
sprach sie voll Achtung

Billionen Samen fielen in der Zeit
sie las aus deinen Zeilen Nüsse – Mammuts Pilgerkleid.

Grandfather Mountain, North Carolina 1898
(Trip mit Charles S. Sargent, Direktor des
Arnold Arboretum der Harvard University)

Aus Boston sei der distinguierte Herr
sein Herz stets wie die Uhr in seiner Westentasche
und berechenbar daher aus dem Verkehr
riefst du. Deine Giganten rauschten. Wer verbrannte?
[Wer wurd' Asche?

Yosemite 1903

Du hast mit Roosevelt auf dem Gipfel übernachtet
im bloßen Zutrau'n auf den Erdenball –
den ganzen Mammutweg hinauf hat er geschmachtet
nach etwas vor die Flinte. Du nahmst ihm dies Tal.

Hetch Hetchy Valley 1913

Nass her für San Franciscos großes Dürsten! rief man
[hoch den Damm! –
kaum warst du fort hat man dies Tal beschissen
unterm Schlamm.
Wie woll'n die Kinder schwiegst du Paradiese missen
wenn man an deren Strömen nicht mehr taufen kann.

Epitaph (Erinnerung an Yosemite 1868)

April April nicht *mein* und *dein* –
wer schließt *jetzt* seine Poren?
schriebst du.
Die Sonn' wurd' groß die Seel' kriegt' Bein' –
kein Mensch wird *ganz* geboren.

April April der satte Stein
bewegt von Blütenfloren
schriebst du.
Du gingst in die Geschichte ein –
kein Tod dreht Tonamphoren.

Votivbild (zur privaten Andacht)

Dein Bart von Bienen bewohnt – so singt dich old Whitman
in meiner Gedanken Schmunzeln geklont.
Auch ich bin von solchen *poems* ein Fan.
Mammuts Runzeln: von endlichem Honig belohnt.

Nach(t)gesichter

Komischer Haiku (1)

Man lernt nie aus,
sagte der Meister.
Lernt man daraus,
dann beißt er.

Kleiner Klimawandel (1)

Am Rastplatz bei der Autobahn
wächst Vollgas schon die Wanderröte: schnöde Hirse.
Die Asphalthitze hat's ihr angetan
wie wir's vollkrass der schönen Welt: Ade.

Kollateral (2)

Die kommenden Felder sind süß –
allein der Nachgeschmack ist bitter.
Nicht säen, ernten bloß, grüß-
en uns treu die alten Schnitter.

Fas(s)nacht oder Vor Diogenes' Tonne (1)

Wir haben unser Haus bestellt –
das große andere bleibt draußen.
Wir heißen unser Haus die Welt
und gehn als Vogelstraußen.

Vor Diogenes' Tonne (2)

Der Meister spricht:
So geh mir endlich aus der Sonne!
Des Narren Sicht:
Wir leben eh bloß für die Tonne.

Vor Diogenes' Tonne (3)

Der Narr, der spricht:
Wir streben endlos nach der Sonne.
Des Meisters Sicht:
Ihr steht bloß oben ohne vor der Tonne.

Komischer Haiku (2)

Der frühe Vogel frisst den Wurm.
Der späte Vogel scheißt's vom Turm.
Wann wird der Vogel wohl pissen? Spät oder früh?
Wird er den Wurm wohl missen? Jetzt oder nie?

Kollateral (3)

Die kommenden Felder sind prüd.
Erde pur nach der Schur
träumen sie nur, was ihnen blüht.

Versuch über einige Spezies der Trockenrasen und Ruderalgesellschaften

Zum Begriff »Rasen« schreibt das Deutsche Wörterbuch von Jakob und Wilhelm Grimm (Leipzig 1854-1961):

2) rasen *heiszt zunächst ein rasenstück, ausgestochenes stück erde mit dem graswuchs darauf (...)*

4) rasen, *zusammenhängende fläche, als träger des graswuchses:*
das junge gras deckt itzt die frischen rasen, von bunter bluhmen schmelz geziert
BROCKES 1,12
(...)

5) *endlich als collectivum und ohne plural, die fläche samt dem graswuchse oder der graswuchs selbst, eine verwendung, die* GOTTSCHED *in seiner sprachkunst* 1762 s. 537 *zwar anführt* (den rasen in sing. für die rasen in plur.), *aber geradezu als grammatischen schnitzer hinstellt; wenige jahre später war sie allgemein:*
entpflückt das mädchen
dich *(veilchen)* dem rasen.
HÖLTY 80 *Halm (von 1772)*
(...)

Dickkopf-Falter

Vom scharfen Sand   naschst du
wie unsereiner seinen Kant   ascht
des alten Seelenfängers Crew auf Lungenzug
ohn' Baum und Weggeleit zum letzten transzendenten Clou

am Weltenkorn nagst ohne Zweifel du
(wir: im perdu   längst von den Blütenträumen breit)

du spanntest weit   deine Flügel auf
als flöge der ganze Schwindel
vom Kopf bis zu den saubren Füßen
kein Körnchen Wahrheit
nur Formen unbedingter Geistesklarheit
bestirnte Findel-
kinder und
deren süßes Haschen nach dem Grund: wo Heimchen
[Herd und Himmel küssen
mit einem Male   unablässig auf

Natternkopf-Mauerbiene

Du ziehst in Löchern deine Brut
wo wir von Fall zu Fall das Mauern ließen
klaubst unter den tausend (volle Sause!) aus der einen Blüte
[deinen Sud
welche die Veilchen- und Rosenmünder (Schweinepriester!)
[von Göttern einst guthießen
die dich (und mich) in Brot, Kot: dies hier eben stießen –

Fass Mut! Mit Wachs verschließ Aug' Ohr und Nase
wie sonst die Nester gut
bereit für die Ekstase
drinnen. Salut

dich deines eignen kleinen Heilandes zu bedienen
dort
der Pollen: Katzengold aus deinen Mienen.

Nun Rapport:

Du leckst an Schneckenhäusern Blut
wo wir bauseits bereits die Lücken schließen
legst auf das eine abgelegte Leben noch ein zweites meinst es
[gut
mit dem fatalen Spott und den banalen Zeiten: Ei und Sprießen
Türenschließen schon vorbei. Liebst es wie eine neue Ruth.

Hast Mut für drei.
Du schmeckst den kurzen Nektar lang
darin dein Konterfei (aus Anfangstiefen) – und ferner liefen
[dann der Götterbrei –
den Ausgang in die Mündigkeit
willst du von Mahl zu Mahl genießen.

Kratzdistel

Wie abgerissen dein Gefolge
wiewohl Gott in einer Wolke
von Schmetterlingen
gekommen war: in diesen Dingen

schlief sein Lied nicht. Fort
und fort. Lediglich unsre Torten
locken noch klägliche Mengen
an Wespen in ihre Fänge.

Salböl also und Molke
auf unser Haupt. Von Erfolg
zu Erfolg durch die Wüste
wo die Salzsäule unsren Mut grüßte.
Mord heißt das Zauberwort.

Unerhört bricht deine Fistel
auf jenseits der Pflichten
vom Blühn die wir pflegen
in Gärten. Es heißt Regen

fiele auf dürres Land heißer
das wäre der Preis
von Geduld. Stachel
für Stachel lehrst du diese Epistel.
Wir begreifen dich. Erst als Mistel.
Endlich in unserer Sache.

Blindschleiche (nach-österlich)

Du kamst mir entgegen
von wegen dem Sicheln
Ich glaubte das Sticheln
vom Gras sei der Zunder des Regens
Doch war's anderwegen
(Ich stand im Regen (der Blätter)
und vor mir der Segen)
Es war der Applaus
vom Fallen der Halme
(wie sagte man früher:
dem Sieger die Palme?)
So war mein Bewegen der Grund deines neulichen Lebens
Es stand der Kadaver
im Schnitterpalaver
Es blitzten die schärferen Messer
die Schuppen
(nie Sterne!)
Tier Meisterin Ritter aus der Kaverne

Du längst mit den Jüngern: den Psalmen (mein Flitter –)
(wie hab' ich dich gerne!)
den Schnuppen
in Emmaus.

(– und wie du teiltest vor mir deinen Leib
wie Brot endlich gläubig' Gezitter
mein Part
bis in die Puppen)

Natternkopf

Seligpreisungen waren nicht vorgesehen
der Boden karg
das Wurzeln Plag'
die kleinen Schnauzen badeten unverschämt heiß dennoch
[im Licht

Wir konnten und konnten nicht gehen
der Himmel von dort stak
selbst in den Socken uns noch blaue Gicht.

Der Sommer lief arg
Steine beizten das Mähen –
du lagst zu Gericht.

Leichter ging nun das Säen
Erben war nicht –
Seligpreisungen waren nicht vorgesehen

nur der Same der sticht
  als würd' schon die kommende Herde beben

Wir standen weiterhin voll daneben
(Frühschicht schloss eben)
die kurzen Wurzeln der Neuen
taten bereits ihre Pflicht.

Mausohr-Habichtskraut

Wir feuerten dich an:
Elefant!
wie du auf zu kleinem Fuß daherstak-
stest erst
fieberten wir bereits mit
Aborte von Sonnen daraufpack-
test mit Bürstenschnitt
war der Sommer längst mit uns quitt –

dein Lockruf: kiwitt – flieg mit!

Gold-Aster

Tau Naschwerk emsiger Bienen Stich was du begehrt auch
hätten wir dir verehrt
du aber schultertest deinen Kalvarienberg
volle Krone

Dornen waren dein Lohn
Bolzplatz für Wetter
die schlugen uns Menschensohn
himmelblau   paradiesische Wunden
ein Retter
war nicht
(einerlei!)
sternhagelvoll riss uns der Tempelvorhang
entzwei
(wir dabei! unter den Motten den Wolken-
klamotten all den Grashüpfern (schlag mich tot!) zwischen
[Glaub' und Untreu
den Folterknechten am End bigott vom *Vorbei*)

du   schlosst deine Schrunden
mit einem Schweißtuch   und
– welch Verheiß unter der Sonne – schier ewigem Licht
(ach Veronika siedendheiß!) (wachs und gedeih!)

Bergpredigt-Zwerg

Maulwurfs-Grille

Das Heimspiel deiner verliebten Schenkel
haben wir nie mit den eignen Augen erspäht
uns ergriff nur die Denke
wie das denn geht
was in den geilen Büchern beschrieben steht

solche Schwenke
(davidsbündlersche Tänze
um deine scharfen Psalmen)
machten wir eben

dein Schädel nur boxte sich uns in die Mägen
beim Lauern
(heiliger Hieronymus im Gehäuse!)
   als hockten dir einfache Bauern
   im Wege (des Herren)
   (doch wem ging die Sause?)
als tätest du   mauern mauern mauern

Nickendes Leimkraut

Zu allem sagtest du Ja
aber niemals das große Amen
weil überbordender Vorrat an Samen
in wiederkäuenden Mägen
schwer wiegt
als wärst du der Feldraine Plagen
eine
da die Verdauung
immer obsiegt

Wir wissen: keine
von deiner Art
hat das Sagen
alleine   das ist unser Part
deine zum Himmel schrei'nd harte Schwester am Weg
ruft es schon: Warte
nur
warte!

(letzte vom Stamm der Aparten –)

Wegwarte

Bei deinen blauen Augen!
Hast du den Himmel gesehen?
Ich vermute mal nicht.
Aber beim Mähen
fiel genau diese Frage dir
leicht
ins Gewicht

ach   vom Garten Eden gleich zum Tag des Gerichts –
(und wir reden bloß reden reden   )

du aber von Angesicht

Wilde Möhre

Was auf dir immer strandet wird begehrt –
bei guten Plünd'rern ist das so!
Auf dass in jenem kurzen Straßenstrich von deiner
[Blüte lässig mehrt
sich zwischen Fluggestalt und Ebenbild der neue
[Kinderzoo.

Das ist die Liebessache wert!
(Nur wir sind es der nach dem Mutterkuchen plärrt –)

Als wär's der Same der am Fallschirm zerrt
im Satz der Dolde zu der letzten Ruh':
Wenn du im Platzen deiner Innenwelt
den Rücken kehrst
hör'n wir (jäh abgezählt) mit vollem Latz den Bomben-
Schatz ohn' Nabelschnur und pur zu Boden knallen
andre Kopfnuss die bekehrt uns   deinen prallen Schluss.

Rundgesang (Mausohr-Habichtskraut,
Mauerbiene und Dickkopf-Falter beispielhaft)

Von Kant flasht unsre Crew
wo deiner einer wie verdammt nascht
am Immerzu
aus Höhenflug und Totentanz und wieder Puppenzeit –
das eigne kleine Nu im großen Clan gefeit.

So landest du.

Du spanntest weit   deine Flügel auf –
  und flöge der ganze Schwindel
  mit einem Male auf
– du wärst bereit!

(Und wir?
Mal überirdisch in den eignen Feldern
  mal von andren Geistern breit –
– wir wär'n der bloße Clou)

Zweite Schöpfung (Nachsatz)

Schöne Welt, wo bist du?
Friedrich Schiller Die Götter Griechenlands

Eine Stadt sollst du bauen
groß und weit wie ein Kuss
vom Gebirg zu den Auen
deines Herzschlags Surplus.

In der Mitte den Menschen
an dem Rand Tier und Strauch
du der Herr aller Ranchen
ringsumher, Lebenshauch.

Der Gefährt' deiner Kinder:
deines Muts Überschuss
fortgeführt als ein Blinder
bis zum Land Überdruss.

Der'n Gespielen nicht minder
sie als schwellender Fluss
Opfer *alles* dahinter –
Eingang du und Beschluss.

Eine Stadt sollst du bauen
selbst die Sterne nur Ruß
wo die Himmel noch blauen
steht dein Alpdruck bei Fuß.

Aria, klein

Zu »Freies Geleit (Aria II)« von Ingeborg Bachmann

Ich seh den Salamander
durch jedes Feuer gehen.
Kein Schauer jagt ihn, und es schmerzt ihn nichts.
Ingeborg Bachmann Erklär mir, Liebe

I

Begrab's mit dem Salamander:
zu jedem Feuer bereit!
Dieser Wärmeschub: Stehn beieinander
pflegt's schon mit dem Eis beiseit.

Was du Sternchen auch lügst vom Blenden,
was den Gläubigen Aufschwung beschert –
jedes zorn'ge Vom-Fleck-weg-Verenden
ist den Wunden nur Schwären wert.

Was du Wunden auch lügst vom Schließen
– Salamander lieben den Song!
Beieinander-Stehn: Fluten und Fließen,
zähl die Dämme – ever wrong.

Was dein Hirn auch an Glücken ersonnen,
was dein Mund auch dem Herzen versprach –
Beieinander-Stehn: Knospen schließen:
selig werden – never wrong.

Was dem Herz an Glücken geronnen,
was das Hirn an Nähen zerbrach –
Beieinander-Stehn: *alles* von diesem,
Eis und Schwemme: schultern – so long.

II

Denk dir vom Rauchpilz nur das Weiß,
das Weiß vom Brand der Freudenfeuer.
Wir – Schlagein!-Fürsten, Reißaus-Krieger, heiß-
geliebte Findelgreise, ein Waisenkind, ein
Schreihals vor dem Herrn auf Erden,
auf der wir Feuer vor dem Tag entzünden,
dass Nacht sich leichter gebe, dass der Morgen
kleiner werde – ein Von-den-Socken-Kind,
Von-allen-Sockeln-Herz, ein heißgeliebter,
Ruhm aus allen Wolken, Reißauf-Krieger
– auf Wehenglück, den Sonnenbalg
auf seine Bahn zu wuchten.
Denk dir das. Verzeih dem Rauchpilz.
Hure und Handkuss des Verderbens.
– Wir in der Runde.
Treibaus-Fürsten. Kaum das Erlegte,
einstmals Erregte lesend, das am Horizont
noch schimmert: alte Welt, Aas aus den
Kohleschächten, das Wandlungsläuten
überm Bohrloch, Tagebaumetten –
ihr Herrenstück: die ew'gen Kehraus-
Brüder, Schlagetots im Lichtpanier
von Helden, noch unterm Prügeln
Hand an den Maschinenknüppeln –
Brunft der Erdbezwinger. Notzucht, Zucker
und Affenbrot in vollen Zügen. Dieses denk.
Der Malstrom würgt das Licht. Verzeih den Helden.
Wir in der Runde. Treibauf-Fürsten. Denk
dies, wenn du siehst das Weiß. Denk Freudenfeuer.
Denk auch das Trommeln, Von-allen-Socken-Herz!,
des Werbens unermüdlich, Hasenherz
aus allen Häuschen – weil von daher Heuer.

III

Die junge Erde: Brut- und Keimgestirn, ein Schicksalskind
der Reise, der *Verlisch*, *Verglüh* aufs Fahnenrot geschrieben
[steht.
Erst unermüdlich Sonnenlicht (geliebt), dann Kältebad –
[Geheiße
aus dem Äther, die den Rausch der Galaxien durchs Weiße
im Auge der Schwester jagen, den Countdown-Sound aus
[Schöpfungstagen – blind
für den Tausch von Kuss und Lust, das unentwegte Summen
[– geht!

Tragt ihre winddurchschossnen Bäume aus dem alten
[Morgengrau
in *euer* Licht, ihr: Feuerfürsten, Hungerleider, Dunkelringer,
die aus dem Herzen zehren, vor der Asche harren: neues Blau,
das einen Himmel deckt, Vulkane blendet – Wundenlecker,
[Bringer
unerhörten Windes, der den Trost kennt. Ätherringer. How!

IV

Am Tag der Reise: die Abschiedskrieger,
Liebesversprechen in der hohlen Hand:
Sie brüllen, die Wunden schwarz vom Grind,
das Lied vom ungeheuren Schmerz: vom Glück der Sieger.
Sie stecken die Ackersteppen, die schüttren Hügel damit
[in Brand:
für Luft- und Wasserwesen, Feuergeher – Spreu und Wind.

Was ihnen die Tiere an Nahrung ließen,
pflücken die Hungerkinder, sie pflanzen
die winddurchschossnen Bäume ins Morgengrau:
die alten Riesen; sie schließen
den Pakt mit Vögeln, Echsen, Wasserwurzeln, tanzen,
in ihren Augen blüht das Weiße: Wow!

Die Abschiedskrieger – am Tag der Reise,
Liebesversprechen in der hohlen Hand:
die Mär vom Glück, vom Schweiß, vom nimmermüden
[Sprießen,
in Sternen überliefert: Kinderhafen, Zirkusshow.

V

Vom Glück die bittere Runde,
von Sternen das rauschende Heer,
vom Kuss die vergängliche Stunde,
von Schwüren das rollende Meer.

Was die Feuergeher verhießen,
was der bleiche Keim versprach:
auf dem Sternweg die Herzkammern schließen,
auf dem Erdweg dem Sonnenball nach.

In den Adern rollen die Sonnen,
in den Lehmfurchen blutet die Lust –
Paradiese, im Humus geronnen,
Sternenursprung, im Fleisch an die Brust.

Vom Glück die schütteren Stunden,
von den Sternen das *ganze* Meer,
vom Kuss die bleibenden Wunden,
von der Liebe die kommende Mär.

VI

Denk dir die Hungerkinder in ihren Hütten,
ums Feuer, die Hälse nicken, sie schütten
das Vogelopfer in den Sand, sie flicken
ihre Herzen für die Reise zum Rand
der Galaxie, zum Rand der bleichen Feuer.
Volle Tornister. Sie packen Kraut und Vieh. Sie kicken
die Ackerreste dem Morgen ins Maul. Dort knacken
die Äste unterm Reif. Sie packen den Brand
sich ins Genick. Sie setzen sich Kronen auf, ganz ungeheuer.
Die kalte Sternentour im Blick. Sie knacken das Licht.
Ganz rattengrau, so steht es in den Bracken.
Ihr Blau. Sie stopfen sich Brot ins Maul
und schlucken: Da kommt die Sonne aus ihrem Bau.
Wie Tiere, glauben sie, und zucken. Kaum ein Gewicht
an ihnen, nur den Traum vom All
auf dünnen Rippen, Sterngejaul
auf ihren Lippen, unter den Nägeln Sau.
So denk sie dir, in Flug und frohem Fall.
Sie stapfen ungelenk ins Freie, bloß und blößer,
mit Hungerrippen, dass der Morgen größer,
das Böse in den Herzen kleiner werde,
die Stimmen des Verderbens enden.
Sie schneiden Brot, sie wenden
ihr letztes Hemd, sie füttern die Erde.
Sie stapfen
ins Glück. Zurück ins Herz, ins Licht, ins Feuer –
Sie: Stummelfürsten, Anfangskrieger; ungeheuer.

VII

Die Hungerkinder, vielgeliebt, auf ihrer Reise;
sie: Vogelpriester, Anfangskrieger, Bein vom Ackergrau –
vom Regen überschwemmt, der Zeugung mächtig,
blühn sie als Teil des Blühens, Blau vom Blau.

Die Sporen schlafen, jahrmillionenweise,
die Greise gehn dem Keimen zu –
Dieses erinnernd, schwörn die Kinder, schwörn auf ihre
[Weise,
dem Feuerfürst, dem Salamander, diesem großgewordnen
[Du.

Im Feuer stochernd, um die Schultern schmächtig,
schwörn sie den Stummelbrüdern: Blume, Gras und Au,
die in der Sonne stehn, von Wind und Regen trächtig:
Wer aus dem Herzen zehrt, wer vor der Asche harrt,
[schmeckt Tau.

Eden: incipit
auf »Eis, Eden« von Paul Celan

Es ist ein Land heißt *Morgen*
da horcht ein Menschenkind,
mit ihm horch' ich auf Borgen
es hört nichts unterm Grind.

Es horcht denn es hat Ohren
die leere Brunnen sind.
Den Seim den Seim wir bohren
es hört's schon unterm Grind.

Es lauscht es lauscht wir lauschen
es hört für uns es lauscht.
Was woll'n wir Nektar tauschen
wenn *leer* der Brunnen rauscht?

Eden: exit
auf »Eis, Eden« von Paul Celan

Es ist ein Land heißt *Morgen*
da wacht ein Menschenkind
mit ihm wach' ich auf Borgen
die Augen unterm Grind.

Es schaut denn es hat Glauben
der volle Wonnen sieht –
am Traum am Traum wir saugen
wir seh'n nicht was uns blüht.

Es schaut es schaut die Sachen
wir seh'n nicht was es sieht –
wie woll'n wir Augen machen
wo es vor Sonnen glüht?

Nach(t)klang

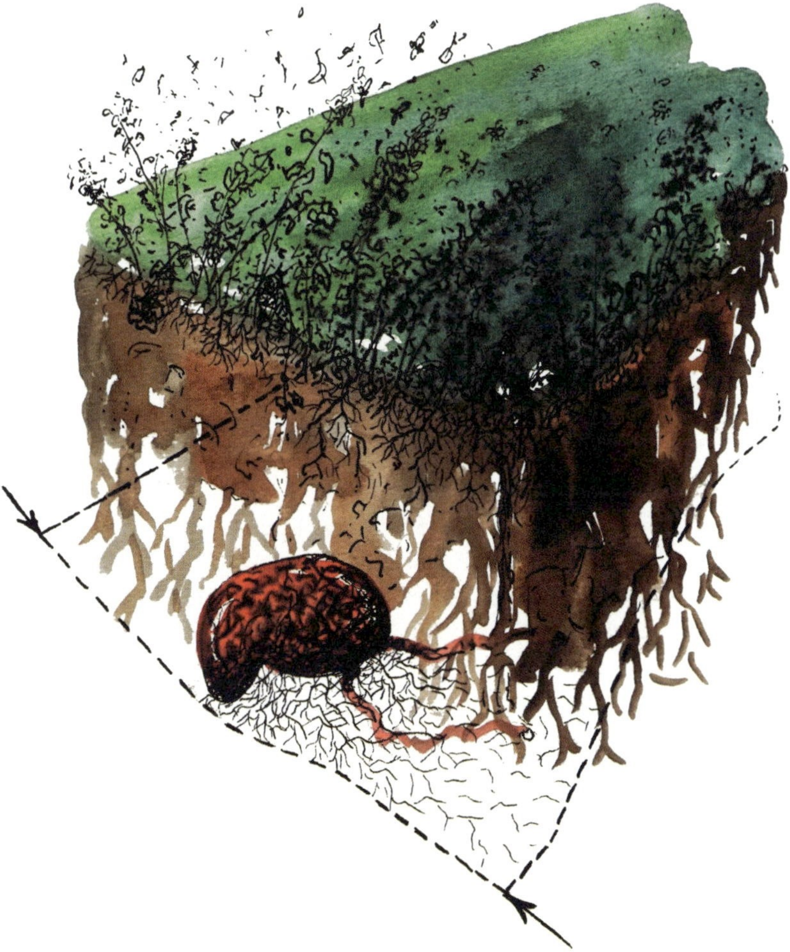

Du

… und das Wort, das über dir glänzt,
glaubt an den Käfer im Farn.
Paul Celan Unstetes Herz

Du bist, so einsam auch,
von diesem *hier* gelitten,
von Biene, Flechte, Gegenhauch,
hast lang getobt, hast dich gewehrt, dann ausgelitten,
als Halm, als Käfer, leichter auch.

Dein Schritt durchs Gras war solcherart,
das Wittern nach den Sternen war das andre,
vom Wasser weich, von Sommererde hart
sagst du zum Farn: *Im Glanz des Käfers: Wandre!*
Ihr glaubt einander: Zittert! Seid mit Wind gepaart!

Nun du. Längst ausgezittert. Windgelitten. –
Hörst deinen Satz, von Einsamkeit beschwert,
weil soviel Weiß-der-Himmel-was schon ausgeschritten,
weil soviel Sternenweg und müden Halt geehrt.

Doch war kein Ende, kein erhoffter Flug inmitten.
Bloß Ausgeträumtes, trockne Sporen, Hüllen, leer.
Dies stirbt. Nun glaub dem Käfer, glaub dem Farn, daher
der Glanz kommt. Biene, Grashalm, dieses Summen –
[ungeschnitten.

Wer aufs Ende stiert

Wer aufs Ende stiert   begehrt
jeder singt sein Totenlied allein
so die Blum' wird abrasiert   betört
geht der Schnitter mit der Seel' zu zwei'n.

Wer das End' passiert   vermehrt
um den Lebensflitter sein
hofft dass er die Liebe quert'
auf dem Weg zum reinen Reim.

Wer aufs Ende stiert   begehrt
keiner singt sein Totenlied zu zwei'n
so die Seel' wird abrasiert   betört
geht der Schnitter mit der Blum' allein.

Ende der Parasiten

Macht, Hungerkinder, likt!
Die alte Erde dreht sich ohne sie viel schneller.
Was sie an Gier auf ihre Teller schaufeln, steigt
mit ihren dicken Ranzen auf ins Paradies der Völler.

Dergestalt Land gewinnend, likt,
dass schwarze Seelen leichter steigen
als die weißen,
dass sich Fressern leichter Himmel neigen
als den Hungerhaken. Dergestalt also likt

die Wunden, die sie beißen, likt das heiße
rohe Fleisch der Erde, likt den bleichen Skalp,
den sie mit Händen Füßen reißen

– Goldnes Kalb.

Macht, Hungerkinder, likt!
Es ist die Zeit zum Preisen.

Was uns rührte

Was uns rührte, uns verführte,
Sonnenlicht und Erde,
was uns trübte, Lust verspürte,
Halt und Traum begehrte:

Trink das Bittre,
fass die Flamme,
sei vom Trost geblendet.
Lach und zittre,
stirbt und atme,
trau dem Wind. Was endet?

Letzte(s) Gründe(ln)

Unser Acker ist der Himmel …
Ingeborg Bachmann Landnahme

Freiburger Szene

Am Münsterplatz
bindet eine Blumen zum Strauß mit entschlossener
Miene.
Die Kieselkopf-
steine zu Füßen quält es, dass wer
sie aus dem Wasser einst holte –
sie mach(t)en die Biene.

Am Grunde der gottverdammten Gnade

Warum denn rasen die Heiden?
So geht ein alter Choral.
Wir Abgefallenen leiden
die weitaus größere Qual.

Beim Ohnhorn fallen die Blätter
noch vor der Blüten Fall.
Es macht sein eigenes Wetter
hart an der Erden Ball.

Die Riemenzunge verbockt's nicht,
sie zeugt vom nämlichen Tier,
gerade sie zu Kreuz kriecht
zur Auferstehung hier.

Sie schlägt eine lange Lunte
geradewegs ins Licht,
der'n Zungenspiel treibt's bunter,
dass sich der Geist dort bricht.

Warum denn rasen die Heiden?
So geht ein alter Choral.
Wir Abgefallenen meiden
die weitaus größere Qual.

All

Warum denn toben die Heiden?
So geht ein alter Choral.
Kein Samenstoß aber kennt's Scheiden
(wie Gnad' nie nennt das Leiden)

nur
zwischen Auferstehungsgeschnatter und Gevatter Tod
mal kumpeln, mal streiten
Knall auf Fall
Schrecken Honigbrot
schlecken
bald im Haarkleid, bald kahl

endlich Ohnhorn im Wiesengrund Donnerhall
Bocksriemen Geisterzungen
(so geht ein alter Choral)

– bald sind wir überall.

Merziger Milieu

Zuerst dachte ich,
es ist der Himmel, der groß ist
über dir –
weiße Schäfchenwolken auf blauem Grund.

Dann besuchte ich Reglers Stein,
der hier ankert
für die irdischen Zwecke.
Er wog schwer.
Wie es sich so gehört.

Schließlich redete ich
mit Menschen
in Engelszungen
– ein ganz besonderer Schlag.

Da begriff ich:
Es ist der Himmel, der los ist mit dir –
lauter Schäfchen auf gutem Grund.

Gedenkstein für Gustav Regler
(Merzig, am Seffersbach)

Gerastet, ans Füttern der Vögel gedacht, schlussendlich
Mensch unter Menschen gewesen –
in die Nussschale eins, mit dem Kanu das andre durch
[Mitternacht – –
selbst Kometen schweifen ab und kehren als niedere Besen.

Kiesel, auf den besagten Gedenkstein zu legen

Gut gekämpft,
mies gesiegt –
   nur die Lieb' …
Staub genug schlechterdings gerafft,
kein *Gib acht!* – –
So steht es zu lesen.
Wer Augen zu sehn hat
und Ohren zu hören,
ist längst Kämpe von dir gewesen.

Blümlein, auf selbigen Stein zu legen

Das Hungerblümchen hat es gepackt
vorm *Amen*:
das Sümmchen Leben, das noch zuckt
in seinen Samen – höchst vertrackt.

Zu den Gedichten

Anmerkungen

John Muir *(1838-1914) war ein beinah legendärer schottisch-amerikanischer Naturforscher, -schützer und -philosoph; in der Folge seines hautnahen Natur(er)lebens Begründer des ersten US-Nationalparks, der Nationalparkidee überhaupt. Mit »old Whitman« im* **Trail des John Muir** *ist der amerikanische Dichter Walt Whitman (1819-1892) gemeint.*

Ruderalfluren *siedeln auf Schutt- und Kiesplätzen, an Wegrändern oder auf ursprünglichen Dorfplätzen. So unterschiedlich die Standorte der Ruderalfluren sowie der Segetalfluren (Äcker, Weinberge, Gärten) hinsichtlich Feuchte und Bodenbeschaffenheit (Kies, Sand, Feinerde) auch sind, so brauchen sie doch alle offenen Boden, frei von Konkurrenten der Arten aus den Wiesen- und Waldgesellschaften. Unter ihnen sind viele kurzlebige Arten, die als Erstbesiedler oder Pioniere auf diesen Rohböden oder freigestellten, vegetationslosen Flächen zunächst auftreten.*
Nach: Thomas Schauer und Claus Caspari, BLV Pflanzenführer in Farbe. München 1980, Seite 16

Offene Trockenrasen *gibt es in Mitteleuropa von Natur aus nur dort, wo der Boden für Wald- und Strauchwuchs zu ungünstig ist. Meist sind die baumfreien Inseln mit steppenartiger Vegetation durch Beweidung oder einschürige Mahd entstanden oder erweitert. Sie haben ihren Schwerpunkt in warmen, niederschlagsarmen Gegenden. Die Pflanzen zeichnen sich durch tiefreichendes Wurzelwerk und durch Einrichtungen, die die Verdunstung herabsetzen wie versenkte Spaltöffnungen, dichte Behaarung, geringe oberirdische Masse, aus.*
Nach: Thomas Schauer und Claus Caspari, BLV Pflanzenführer in Farbe. München 1980, Seite 17

Die einzelnen Abschnitte von **Aria, klein** beziehen sich auf folgende Passagen aus Ingeborg Bachmanns »Freies Geleit (Aria II)«:

I *Mit uns will sie die bunten Brüder / und grauen Schwestern erwachen sehn, / den König Fisch, die Hoheit Nachtigall / und den Feuerfürsten Salamander.* (4. Strophe)

II *Die Erde will keinen Rauchpilz tragen, / (…) / mit Regen und Zornesblitzen abschaffen / die unerhörten Stimmen des Verderbens.* (3. Strophe)

III *Mit schlaftrunkenen Vögeln / und winddurchschossenen Bäumen / steht der Tag auf* (…) (1. Strophe)

IV *Die Flüsse wallen ans große Wasser, …* (2. Strophe)

VI *…und das Land legt Liebesversprechen / der reinen Luft in den Mund* (2. Strophe)

Zitiert nach: Ingeborg Bachmann. Werke. Erster Band. München ^{2}1982, Seite 161

Entstehungschronologie

Der »Trail des John Muir« entstand 2020 (das abschließende »Votivbild« 2022); »Nach(t)gesichter« im selben Jahr (»Kollateral (3)« dabei 2022); »Versuch über einige Spezies der Trockenrasen und Ruderalgesellschaften« 2018, das dem Zyklus beigefügte »Zweite Schöpfung« ebenfalls 2018 (mit Neufassung 2020); »Aria, klein« geht zurück auf das Jahr 2012 mit, teils starken, Überarbeitungen zwischen 2014 und 2020, das beigefügte Doppelstück »Eden: incipit« und »Eden: exit« stammt aus dem Jahr 2016 (mit Überarbeitungen bis 2019); »Ende der Parasiten« aus »Nach(t)klang« entstand (wohl) 2020 und wurde 2022 abgeschlossen, »Du«, »Wer aufs Ende stiert« und »Was uns rührte« entstanden 2011, 2017 bzw. 2011; »Freiburger Szene« in »Letzte(s) Gründe(ln)« stammt aus dem Jahr 2021, die übrigen Gedichte stammen aus dem Jahr 2022.

Der Autor
Bernd Marcel Gonner (*1966), Luxemburger von Vaterseite, Böhme von Mutterseite, studierte Germanistik, Philosophie und Kunstgeschichte sowie Deutsch als Fremdsprache in Bamberg. Er arbeitet als freier Schriftsteller (Lyrik, Prosa, Theater, Kinderliteratur und Nature Writing) und Landschaftspfleger auf eigenem kleinen Hof. Zahlreiche Veröffentlichungen in Zeitschriften und Anthologien sowie eigenständige Publikationen. Für seine Arbeiten wurde er bereits mit mehreren Preisen ausgezeichnet, zuletzt 2020 mit dem Gustav-Regler-Förderpreis des Saarländischen Rundfunks und 2021 mit dem Deutschen Preis für Nature Writing.

Er ist Mitglied in der A:LL Schrëftsteller*innen (Association: Littérature Luxembourgeoise). Vielfältige Zusammenarbeit mit den Komponisten Bernhard Ruchti und Michael Maria Ziffels.

Der Illustrator (in eigenen Worten)
Michael Blümel
67er Gewächs
Grafik-Designer, Illustrator – mit sonnigem Diplom
freischwebend zwischen Himmel und Erde, bestäubend
tätig für Blumenbeete, Wiesen, Felder, Äcker, Weiden
und manchmal auch Dornen
lebend in Bad Mergentheim – im lieblichen Taubertal
www.michael-bluemel.de

NATURE WRITING bei KILLROY *media*
VON BERND MARCEL GONNER

Sediment und Sedum Ein Essay
Deutscher Preis für Nature Writing 2021
erschienen 2021

Vor mehr als zehn Jahren haben sich die beiden Erzähler auf eine abgelegene Hofstelle am Rand der spektakulären und zugleich hochgradig gefährdeten historischen Kulturlandschaft des Oberen Taubertals zurückgezogen und arbeiten dort im langen Atem der Vorfahren an der Erhaltung und Entwicklung von Steppenheiden, (Halb-) Trockenrasen und Steinriegeln. Der Süden ist in dieser trockenen, oft heißen Gegend zum Greifen nah – und wird in seinem historischen »Unten« (dem Muschelkalk des dortigen Ur-Meers) und gegenwärtigen »Oben« (Landschafts- und Pflanzengestalt) freigelegt. Autobiografisch grundiertes Erzählen verzahnt sich mit dem Erzählen vom Gelände – von der Krume bis zur Blüte, was sich auch im Titel widerspiegelt: Sediment als Untergrund verstanden und Sedum beispielhaft als eine der Pflanzenarten der Kalk-Magerrasen.

Der Essay **Sediment und Sedum** erzählt zugleich die Vorgeschichte des weit ausgreifenden Nature Writing-Projektes **Wilde Saaten**, das sich vom Dürresommer 2018 bis zum Un-Winter des folgenden Jahres zwischen Schweiß und Schönheit durch dieses Gelände schreibt.

Wilde Saaten Landschaften / Land schaffen im Kalk- und Kratzdistelgelände. Ein Jahreslauf (2018/19)
***erscheint* 2023**

Alles begann mit einer Bitte: zu berichten, »wie das Jahr so läuft« – und so erzählt **Wilde Saaten** das im Essay betretene Gelände nun über volle eineinhalb Jahre, vom Dürresommer 2018 bis zum Un-Winter des folgenden Jahres. Was – im Süden Frankreichs – dem großen Naturforscher Jean-Henri Fabre sein ödes Stück Land auf seinem Harmas mit seiner Insektenfülle, sind hier – in diesem anderen Süden – dem Erzähler seine anderen Hungerkünstler: die oft unscheinbaren Magerpflanzen, Heuschrecken, Grillen, Eidechsen, Falter, Wildbienen wie -hummeln auf den mit Kalkgeröll überzogenen Hängen der zu den Tälern führenden Klingen. Der Erzähler liest sein Gelände genau und poetisch, das Zusammenspiel von Terroir und Pflanzengestalten. Im Wechsel von Schauen, Tätigsein und Erkennen vollzieht sich in beinah romanhaftem Sog ein Jahreslauf zwischen Menschenschweiß und dem Leben dessen, das nicht sät und nicht erntet. Die Exkursionen ins Zupackend-Handgreifliche wie Allerkleinste erzählen von Fremdheit, Nähe, Anziehung und Abstoßung zwischen und unter allem Geschöpflichen, von untergehendem Kleinbauerntum und damit verschwindendem Stolz und Rückgrat, von innerer wie äußerer Gefährdung, lauter Kippfiguren, Schürfungen und Schürfwunden, reale wie geistige, – und sind am Ende nicht weniger als Herzklopfen und Kopfschütteln zugleich vor (und von) der großen (Er-) Schöpfung.

Großes Rasenstück

Bernd Marcel Gonner

Gedichte

mit Illustrationen
von Michael Blümel

KILLROY *media*

Auflage 500 Exemplare
Herausgeber Joachim Schönauer
Illustrationen Michael Blümel
Lektorat Martin Plan
Layout, Satz und Umschlaggestaltung
Katinka Molde moldegrafik, Augsburg
Schrift Caecilia Std LT mit PMN Caecilia sans
Druck und Bindung Pustet, Regensburg
Veröffentlicht mit der Unterstützung
von Kultur|lx – Arts Council Luxembourg

ISBN 978-3-931140-71-7

Kultur|lx Arts Council Luxembourg